ORATIO HABITA

IN
INSTAURATIONE SCHOLARUM
COLLEGII
DORMANO-BELLOVACI

Kal. Octobr. 1743.

A JOANNE-BAPTISTA-LUDOVICO CREVIER,
EMERITO RHETORICÆ PROFESSORE.

R. J-B. de Poilly Sculpsit.

PARISIIS,
Apud DESAINT & SAILLANT, viâ Sancti Joannis
Bellovacensis.

MDCCXLIII.

ILLUSTRISSIMO DD.
RENATO-CAROLO
DE MAUPEOU,
SUPREMI SENATÛS PRINCIPI,
COLLEGII DORMANO-BELLOVACI
PATRONO.

LLUSTRISSIME SENATÛS PRINCEPS,

Fructus in solo tuo natos tibi dico & voveo, simulque tenues obsequii in te nostri primitias. Dormana domus, cui præcipua hæc felicitas obtigit, ut sola inter socias à supremo Senatu Parisiensi administretur, quos amplissimus Ordo Principes habet, iisdem gloriatur Patronis. Patronis dico, non titulo & nomine tenus, sed qui perpetuis beneficiis & præsenti tutelâ jus in nos Patronatûs exercuerint. Talem experti sumus

EPISTOLA.

illustrissimum Decessorem tuum, quem sponte cedentem æternis desideriis prosequeremur, nisi amicum amicus exciperes, atque ut splendidissimi quod ille reliquit muneris, sic etiam paterni in nos animi te successorem præstares. Juvat ergo Dormanam domum tot clarissimis Patronorum suorum nominibus tuum adjicere nomen, ILLUSTRISSIME SENATÛS PRINCEPS, quod inter Curiæ pariter & sacrorum Altarium Antistites insigne, ipse ingenii sagacitate, animi excelsitate, morum comitate egregiè commendas, nec minùs tot virtutibus quàm novo amplissimi honoris titulo adauges. Harum virtutum illustre dudum specimen dederas, quum secundo in gradu positus, æquabilitate decernendi, lenitate audiendi, dignum te eo quem proximè contingebas loco probares. Quàm dulce nobis decorumque erit, Te, dum verendo huic supremi Senatus corpori mens per artus infusa præsidebis, nostris quoque studiis præesse Moderatorem & Arbitrum, nostris ingeniis admovere stimulos, & veteres Augustalis ævi Scriptores tum proponentibus imitandos, tum etiam pro captu virium æmulantibus, alterum te præbere Mecænatem! Felices nos, si pares tanto bono animos, dignamque benignitati tuæ materiam offeremus! Me quidem sentio tuis auspiciis ingentes concipere spiritus, & ad orsa Historiæ Romanæ peragenda novo ardore succendi,

ILLUSTRISSIME SENATÛS PRINCEPS,

Tibi devotissimus & addictissimus cliens & famulus,

J. B. L. CREVIER, Emeritus Rhetoricæ
Professor in Collegio Dormano-
Bellovaco.

ORATIO HABITA

IN INSTAURATIONE SCHOLARUM

COLLEGII

DORMANO-BELLOVACI.

ÆC apud nonnullos è noſtris hominibus quo-
tidie magis increbreſcit opinio , V. G. A. O.
ingenia valere naturâ ; ſuis quemque opibus
fidentem accedere ad dicendum ſcribendum-
ve oportere ; ſuos cuique animos, ſua ſufficere
exempla ; & eum notâ ſeſe quâdam inurere ſervitutis, qui
quemquam ſibi proponat ad imitandum. Non ita ſenſere
ſummi illi ſive antiquitatis, ſive ſeculi ſuperioris Oratores,
quos etiamnum, ut leges orandi, miramur, quibuſque aut
pepercit invidia, aut fruſtra conatur dentem illidere. De-
moſthenes ac Cicero, Boſſuetius ac Flecherius, diffiſi ingeniis ſuis, alienorum ſibi exemplorum quæſiere præſidia &
adjumenta, nec ſine hoc adminiculo exoptatam dicendi
gloriam adipiſci ſe poſſe ſperarunt. Liceat mihi cum talibus
viris ineptire, liceat cum iis puſilli animi ſubire ſuſpicionem :
vel potiùs, quod neceſſarium illi ſibi eſſe duxerunt, pudeat
eo nos facilè carere poſſe arbitrari,

A

Magnus est dicendi labor, magnus, & ad ejus
magnarum multarumque artium varietatem una comp...
tur : perspicuitatem in docendo, in delectando leporem,
movendo gravitatem. His adjungat oportet Orator verborum
copiam, delectum, compositionem, struendæ, accommodan-
dæ ad res singulas, variandæ orationis artificium. Hæc &
multa alia, quæ vel enumerare longum sit, si quis proprio
se Marte, nullo adjutum exemplo, assequi posse confidat,
sinamus eum suo frui errore, quem desidia peperit, alit su-
perbia & temeritas. Nos quidem modestiorem eamdem tu-
tioremque imitandi viam capessamus; sicque statuamus, qui
neminem imitari voluerit, eum nemini fore imitandum. Igitur non in eo probando immorabor, quod & per se patet,
& gravissimarum auctoritatum pondere firmatur : utque in
manifesta imitationis necessitate, hæc tantùm duo breviter
exsequar; quinam iis imitandi sint qui eloquentiæ laudem
affectant, tum quomodo sint imitandi.

Primum illud uno ferè verbo transigi potest. Quis
enim dubitet ad summa tendentibus intuendos esse eos qui
summa tenent? ne si mediocria, aut etiam vitiosa nobis
proponamus ad imitandum, noster omnis à proposito aberret
labor; & eò minùs id quod volumus assequamur, quò fideliùs
id erimus, quod conamur effingere, consecuti. Optimos ergo,
& in iis quod optimum est, imitemur : ac quemadmodum
ii qui student metam cursu contingere, non eos æmulan-
tur qui circa ipsos carceres ægre moliuntur, & medio in spa-
tio corruunt, sed quos & ventis & fulmine velociores tam
præceps rapit ad palmam impetus, ut vix eos sequi possint
oculi spectantium; quemadmodum ii quos malesana urit am-
bitio, nihil medium agitant, sed summos honorum apices &
fastigia consectantur, ibi demum quieturi, unde ulteriùs
progredi non liceat : sic nos laudabili ad Eloquentiæ decus

ambitione fuccenfi, ipfa aggrediamur rerum capita; &, Alexandri exemplo, non cum vili currentium plebe, fed cum principibus viris velimus nobis effe certamen.

At quænam fint illa in eloquentiæ regno rerum capita, quinam principem in facultate dicendi locum teneant, fedulâ curâ & maturo judicio difpiciendum ac ftatuendum eft. Periculum eft enim, ne hac in re nobis aut fæpe proprius, aut interdum publicus quoque error fraudem faciat: proprius, dum quæ fibi quifque conjunctiora & fimiliora effe intelligit, ea pro excellentiffimis, nimio fui amore deceptus, amplectitur; publicus, ubi in quædam vitia inclinatio ingeniorum facta eft, & pravorum exemplarium laudibus aures noftræ circumfonant.

Huic malo remedium in promptu eft. Fingamus judicium noftrum ex omnium retro ætatum judicio; & eos optimos judicemus quorum gloria in tuto eft, & præteritorum feculorum admiratione confecrata, nullo jam aufu temerari poteft, nullâ vi convelli aut labefactari. Hoc planum eft & expeditum iter: hæc fax lucem præfert certam atque manifeftam; quam qui fequetur, is ab omni errandi periculo immunis, etiamfi ipfum vires deficiant, recufentque pertendere ad ultimum, at certè nunquam rectâ excidet viâ, nunquam in prava deflectet. Quod confpirante omnium feculorum, omnium populorum fuffragio comprobatum eft, quos Athenæ, Roma, Gallia, unanimi plaufu ftupuere Oratores & Poëtas, in iis profectò ineft naturalis vis boni. Quum omnis dicendi facultas, non in abftrufis reconditifque, fed promifcuis & in medio pofitis, & ad vulgi captum accommodatis rebus argumentifque verfetur; fieri omnino nequit, ut in errorem hac in parte omnis locorum temporumque varietas confentiat. Hæc non tam hominum quàm ipfius naturæ vox eft; cui fi quis oggannire conetur, is fibi facilius ftultitiæ

A ij

temeritátiſque, quàm huic conſenſui vanitatis & mendacî labem adſpergat.

Fruſtra quidam hujus noſtræ ætatis bona, quæ magna ſunt, ita extollere nituntur, ut Vetuſtatem deprimant obterantque verbis : prorſus quaſi non aliter clari doctrinâ eſſe poſſimus, quàm ſi videamur erga doctores præceptoreſque noſtros ingrati. Philoſophicas illi Mathematicaſque diſciplinas, in quibus Romanorum longè ſuperamus laudem, Græcorum æquamus, miris præconiis celebrant : & meritò, modo ne ſuperbiâ ac faſtu, proprio illarum artium veneno, tumentes, quidquid extra leges quas ipſi poſuere evagatur, quidquid non ad ſui arbitrii normam exactum eſt, id omne faſtidiant, & tanquam à vero, quod ſoli ſcilicet norunt & tenent, alienum, odio & contemptu proſequantur. Talibus arbitris ſi poëſeos veneres, ſi eloquentiæ magnificentia & ubertas æſtimanda permittatur, haud æquius veriuſque judicium exſpectes, quàm ſi Oratores & Poëtæ ad rerum ob nimiam tenuitatem oculos fugientium rimandam expiſcandamque naturam, ad evolvendos curvarum amfractus advocentur. Ingenti procul dubio veneratione ac cultu dignæ ſunt ſublimes illæ diſciplinæ, quibus acuitur ingenium, mens à vulgarium opinionum ignobilitate abducitur, & in ardua enitens audaci volatu tentat res humanæ ſæpe rationi impervias. At ſi illas ad eloquentiæ poëſeoſque utilitatem referri velimus, retineamus, id quod difficillimum eſt, ex ſapientia modum : ne vehementiùs quàm cautiùs appetitæ, & ingenitâ jejunitate dicentium venam arefaciant, & judicantibus nimiâ ſubtilitate noceant, faciantque ut intelligendo nihil intelligamus.

Hoc igitur fixum inconcuſſumque maneat, ambientibus eloquentiæ lauream imitandos eſſe eos qui apud veteres eximiâ dicendi laude floruere, tum ex recentioribus ut quiſque erit veteribus fimillimus. Caveamus ne fucum nobis faciat micans interdum novitatis flore , & repentino fulgore incurrens in oculos æqualium noftrorum gloria. Exiftunt enim fæpe viri ingenio validi, judicio haud perinde vigentes, qui tritam antiquorum veftigiis faftidientes viam, novam ipfi fibi muniant, vitiis illi quidem, fed dulcibus abundantes, quorum lenocinio audientium legentiumque turba capiatur. Excipiuntur plaufu argutæ fententiæ , & ita ingeniofæ ut ad illas intelligendas ingenio fit opus. Sic honos & nomen venit orationi fulgurantes undique vibranti fenficulos, non ftructæ , non profluenti, non ad rerum vultum formatæ, non ope imaginum è natura expreffarum in affectus penetranti, fed loco omnium dicendi virtutum unum hoc captanti ornamenti genus, ut ftupore percellat animos, & femper aliquid iis improvifum inexfpectatumque fubjiciat.

Ejufmodi Oratorum Scriptorumque gloria eo facilius incautos in fraudem illicere poteft, quòd non omninò injufta aut indebita ab aliquo tamen boni principio proficifcitur. Serpit contagio per vulgus, & populi ferè univerfi depravatum judicium fingulos more torrentis in prava abripit. At poft breve tempus veritas aliquamdiu obfcurata elucefcit, vindicat natura jus fuum : & illi tot laudibus onerati, tanto imitatorum grege ftipati, jam ipfi cum imitatoribus fuis ludibrium omnibus debere incipiunt, gloriæ fuæ fuperftites.

Ne dubitemus igitur talibus exemplaribus, ipfo ftatim ab ortu, inftar flofculorum, marcefcentibus, nec caducam illam gratiam, quâ fol eos donavit exoriens, ad eumdem occidentem perferentibus, ne dubitemus iis antehabere infignes illos viros, quorum gloria ufque vivax tot fecula pervicit, qui crefcunt pofterâ laude femper recentes, qui denique immortalitatem, quam fibi peperere, prænuntiant imitantibus.

JAM verò si quæritur quonam modo ii sint quos nobis exempla delegerimus imitandi, quid præstandum sit nobis ut similitudinem illorum ad vivum exprimamus, facilè intelligitur hoc primùm opus esse, ut illos intueamur diligenter, & eorum vim, naturam, colorem dicendi & lineamenta pernoscamus. Scio superfluum hoc & penè risu dignum videri præceptum posse, & potiùs à monitore non fatuo, quàm ab erudito magistro profectum. Ecquis enim monendum censeat pictorem, qui oris alicujus & vultûs imaginem effingere conatur, ut curioso oculo suum exploret exemplar, caveatque ne quidquam ex eo pingentem effugiat? Ipsa eum operis suscepti natura admonet, ut & oris universi, quod imitatur, speciem & ambitum, & singulas partes sollicitâ sedulitate iterumque iterumque inspiciat, nec ullum ducat penicillo lineamentum, quin à tabula ad vultum oculos referat. Quanto magis, qui sibi illa oratoriæ facultatis decora & lumina effingenda suscepit, quorum virtutes non imitatione modò sed intellectu sequi arduum est, quanto magis eum necesse erit in illis diligentiùs scrutandis immorari, & eorum opera diurnâ nocturnâque versare manu, nec solùm in manibus habere, verùm id agere ut menti & memoriæ infigat: si quomodo ex assiduo usu & intima penè familiaritate orationem suam possit ad illorum similitudinem colorare. Demosthenes Thucydidis historiam octies suâ manu descripsit. Cicero Demosthenem non legendum solummodo sibi, sed & in Romanam linguam vertendum esse arbitratus est. Nos talibus viris tantùm dissimiles & tanto minores una scilicet lectio cursim & tumultuosè raptâ perpoliet, conformabit, illorumque similes efficiet. Si lana semel immersa coloribus pretioso statim saturatur fuco, & in purpureum sine mora splendorem enitescit, fieri quoque poterit ut Cicerone ac Demosthene leviter & in transcursu salutatis, eorum succo imbuamur. Non ita est profectò; sed,

ut ait eximius ille dicendi praeceptor Fabius, *lectio non cruda,
sed multa & crebra iteratione mollita, memoriae imitationique
tradenda est.*

Ita ergo legamus, ut nihil eorum nostram attentionem
fallat, quae ipsi scribentes in animo habuere. Ejus orationis,
quamcumque sumpserimus in manum, primo complectamur
animo scopum formamque universam, & singulas partes ita
referamus ad caput, ut corporis unius è pluribus velut mem-
bris coalescentis speciem capiamus. Tum sigillatim & ordine
perpendamus res & verba : quae argumentandi subtilitas aut
vis ; quonam modo illi omnem affectuum varietatem, vel
mitium vel concitatorum, & exprimant in sese, & afflent
audientibus; quâ arte lubricos scopulososque tractent locos,
ac velut uliginosum subsidensque solum levi ac suspenso pede
perambulent; rursusque exultent ac triumphent, ubi in suis
praesidiis constituti adversariorum impetus minimè pertimes-
cunt ; ut denique nusquam à vero, nusquam à natura, nusquam à causae utilitate deflectant. In verbis diligenter obser-
vemus proprietatem, elegantiam, nitorem, copiam, structu-
ram, dignitatem. Sic perlustrata & excussa oratio ita insculp-
petur animo, ut ad expressam illam effigiem quidquid scri-
bimus referre & comparare possimus. Sic assequemur ut illae
eximiorum ingeniorum opes nostrae fiant; & quemadmodum
corpus cibos aliunde mutuatos in semet vertit, ita mens alie-
nos succos immisceat sibi, iisque tanquam propriis suos intus
ditet animos & exaugeat.

Hic enim verus est germanae imitationis finis, hic fructus,
ut tanquam viva quaedam specula imaginem nostrorum exemplarium in nobis effingamus. Frustra se quis praeclarum antiquorum imitatorem ideo jactabit, quòd ex illis surreptos
quasi purpureos quosdam pannos assuat orationi, sordidae
alioquin, & in iis quae propria scribentis sunt ab similitudine

eorum quæ fuffuratur abhorrenti. Licuit profecto femperque
licebit è veterum gazis excerptas gemmas fuo inferere operi,
fi modò reliqua tanti fplendoris comparationem ferre queant.
His laudabilibus ingeniofifque furtis ex Homero Virgilius,
Racinius ex Euripide, Boleus ex Horatio, fua poëmata ex-
ornarunt. Toti turgentes antiquo fpiritu, ea quæ ex ingenio
promebant fuo ad parem iis quæ mutuabantur claritudinem
ac fplendorem illuminabant. At fi oftro Sidonio vellera
Aquinatem potantia fucum adjungas, eo fœdiùs tua pallef-
cent, quo aliena clariore fulgore emicabunt.

Atque hæc non ita dico, quafi propriam quis poffit im-
mutare naturam, & totus in alienam tranfire. Sua cuique
funt, ut vultûs, fic & ingenii lineamenta, quæ ætate & cultu
grandefcere, expoliri, exornari queunt, aut rurfus fenio &
incuriâ depravari; deleri omninò nullâ ratione, nullâ vi
poffunt, & ab ipfo indita ortu ad finem ufque inexftirpa-
bilia perfeverant. Ac fi qui occurrunt ingenio Protea refe-
rentes, cereique & fequaces in quamcumque formam, ita
ut, quod de chamæleonte dicitur, quidquid contigere, ejus
ftatim colorem induant; hæc verfatilis mobilitas & à con-
fuetis naturæ legibus abit, nec in iis, credo, qui ad fumma
funt & eximia nati, plerumque reperitur. Itaque etiam in
perfecto imitatore deprehendetur propria ejus indoles, &
forma, & ille qui dicitur character, fed figno, ut ita dicam,
propofiti exemplaris impreffus: quemadmodum ex fuccis
florum in corpore apis elaboratis exiftit nectar illud longè
diverfum à thymo, fed redolent tamen thymo fragrantia
mella.

Nemini ergo fuaferim ut nitatur adverfus naturam bellare
fuam, & reluctantem indolem velut imitationis jugo domare.
Hoc & fruftra conaremur, & periculum effet ne propria
perverteremus bona, dum alienis vim facimus, & ea in nos
invitâ

invitâ Minervâ cupimus transfundere. Suâ quisque signatum notâ procudat artifex opus. In omnibus natura dominatur; & vitia quoque mediocria quædam, si illa à natura fluant, tolerabiliora sunt, quàm prava & affectata laudis similitudo.

Nec alio quàm quo volumus modo Demosthenem imitatus Cicero est, ea quæ ex egregio exemplari sumebat aptans sibi. Itaque in magna ingeniorum & voluntatum inter utrumque similitudine, manifesta tamen discrimina se produnt. Austeritatem Attici Oratoris Romanus suo lepore condivit: vim illius & contortâ ac vibrantia fulmina sæpe tota hic expressit, sæpe ad leniores inflexit, affectus & modos. Copia in hoc, in illo brevitas magis eminet. Sic nimirum ex bona natura, quàm prudens temperavit optimorum imitatio, efflorescit summum illud decus, quod paucis adipisci datum est, omnibus licet æmulari.

Huc vos, studiosi eloquentiæ Candidati, vocamus : hanc vobis signamus viam. Quum omnibus, ut initio probavi, tum præsertim vestræ isti ætati, rudi etiamnum, & minuto tantùm bonarum artium velut rore adspersæ, imitatio necessaria est. Quas vobis adhuc congerere non licuit opes, eas ex inexhaustis veterum thesauris mutuas sumite. Jamdiu vobis in manibus sunt optima illa quæ vobis intuenda proponimus exemplaria, aut certè unus instar omnium Cicero. Sed & ille, & ceteri qui aut ejus præivere laudi, aut ad eam adspiravere, longè alio vobis oculo, longè aliâ attentione nunc legendi sunt, quàm quâ vestra eos hactenus infirmitas attigit. Non jam verborum elegantiam modò levesque flosculos confectemini oportet, sed in ipsam rerum, argumentorum, affectuum altitudinem descendatis, eo ditiores illas pretiosorum metallorum venas reperturi, quò fueritis eas scrutati diligentiùs.

Huic me labori ducem vobis, monitorem, & præmonstratorem offero : vosque hortor, carissimi Discipuli, ut si minùs

B

adhuc poteſtis principis Latinorum Oratorum Ciceronis di-
vinam dicendi vim & copiam imitatione conſequi, at certè
Ciceronis pueri ſtudium incredibile pulcrumque in litteras
amorem, quo ille & inter condiſcipulos velut ſidus quoddam
emicuit, & futuræ olim magnitudinis fundamenta jecit, vos
quoque effingere, quod ſanè poteſtis, quod in veſtra voluntate
ſitum eſt, ardeatis.

F I N I S.

Vû l'Approbation, permis d'imprimer. A Paris le 1.
Novembre 1743. MARVILLE.

De l'Imprimerie de JACQUES VINCENT.

www.ingramcontent.com/pod-product-compliance
Lightning Source LLC
Chambersburg PA
CBHW061449170626

46811CB00005B/2438